괜찮아요, 할머니!

글 윤영선

1965년 충북 제천 산골마을에서 태어나고 자랐어요. 초등학교 5학년 때부터 작가가 되고 싶었어요.
단국대학교대학원 문예창작학과를 졸업하고 문학 석사를 받았답니다.
2011년 제5회 웅진주니어문학상 장편동화 부문 대상을 수상했고, 2014년 제12회 푸른문학상 청소년중편소설이 당선되었어요.
지은 책 가운데《국 아홉 동이 밥 아홉 동이》중〈쌀 나오는 바위〉가 초등 4학년 2학기 국어활동 책에 수록되었어요.
그 밖에 지은 책은《수탉이 알을 낳았대》,《내 말 좀 들어 주세요》,《비교》,《사회탐구와 논술이 딱! 만났다》,《논술, 감정 다루는 법에서 시작 된다》,
《병아리 얼마예요?》,《황금 알을 낳는 새》,《잃어버린 미투리 한 짝》,《도대체 공부가 뭐야?》,《나는 블랙 컨슈머였어!》,
《성경인물 고사성어》등이 있고 그 외에 시리즈 그림책 30여 권을 지었답니다.

그림 전영선

충북 제천에서 아이들을 가르치는 미술 선생님입니다. 어릴 때부터 그림 그리는 걸 좋아해서 화가가 되고 싶었어요.
8년째 아이들에게 그림을 가르치고 있답니다. 2007년부터는 벽화봉사동아리 "꿈장(꿈을그리는공장)"을 만들어 지역 곳곳의 낡고,
어두운 벽에 그림을 그려 나가고 있어요. 제천기적의도서관 소식지 표지그림과 신백아동복지관 신문에 숨은그림찾기도 그리고 있고요.
2015년, 2016년에는 제천캐릭터 공모전에서 동상을 수상했답니다.

괜찮아요, 할머니!

© 윤영선, 전영선, 2016

발행일 2016년 12월 13일

글 윤영선
그림 전영선

펴낸이 김경미	**펴낸곳** 숨쉬는책공장
편집 김유민	**등록번호** 제2014-000031호 **주소** 서울시 마포구 잔다리로 61 402호 (04034)
디자인 나투다	**전화** 070-8833-3170 **팩스** 02-3144-3109
종이 영은페이퍼(주)	**전자우편** sumbook2014@gmail.com
인쇄&제본 ㈜상지사P&B	**페이스북** /soombook2014 **트위터** @soombook

ISBN 979-11-86452-18-9 04800 값 12,000원

잘못된 책은 구입한 서점에서 바꿔 드립니다.

이 도서의 국립중앙도서관 출판시도서목록(CIP)은 서지정보유통지원시스템 홈페이지(http://seoji.nl.go.kr)와
국가자료공동목록시스템(http://www.nl.go.kr/kolisnet)에서 이용하실 수 있습니다.(CIP제어번호: CIP2016029216)

숨쉬는책공장 시리즈는 가려져 잘 보이지 않는 세상 이야기를 구석구석 들춰 살펴봄으로써,
너른아이 아이들이 스스로 넓은 시각을 가질 수 있도록 돕는 그림책 시리즈입니다.

괜찮아요, 할머니!

글 윤영선 · 그림 전영선

숨쉬는
책공장

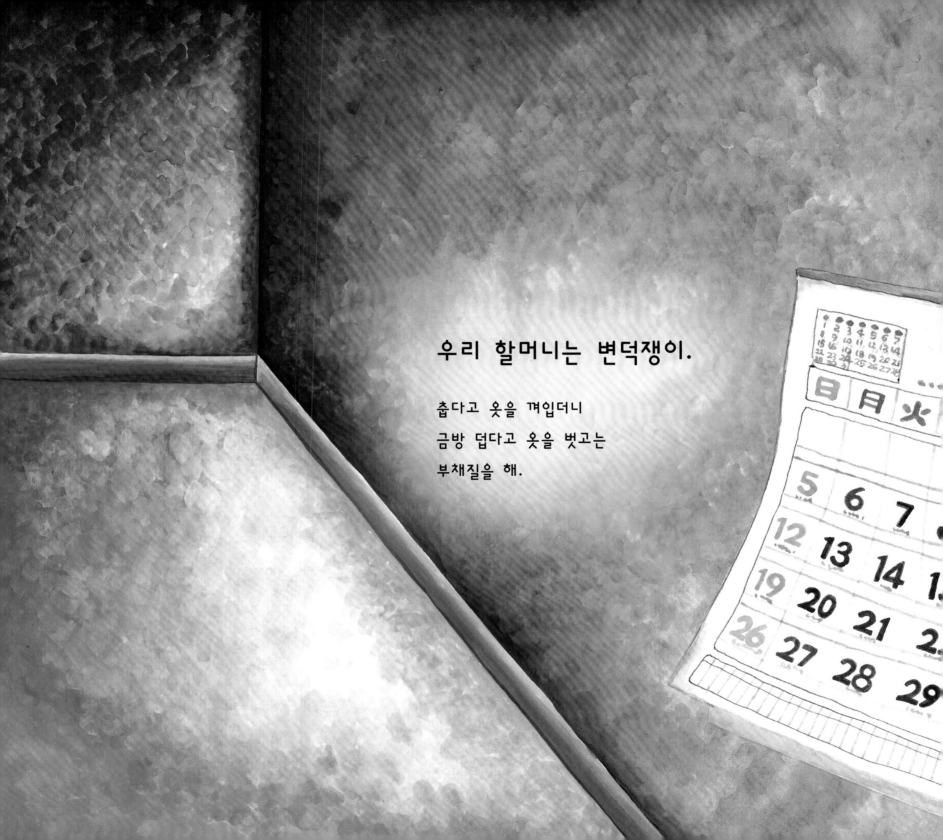

우리 할머니는 변덕쟁이.

춥다고 옷을 껴입더니
금방 덥다고 옷을 벗고는
부채질을 해.

거짓말은 아닌가 봐!
할머니 목에
땀이 줄줄 흐르거든.

할머니는 감기에 걸렸어.
갑자기 더워져서 바람을 쐬면
또 갑자기 추워지고
그래서 그렇대.

우리 할머니는 변덕쟁이.
오렌지는 시다고 못 먹으면서
식초 넣고 새콤하게 무친
오이김치는 맛있다고 하거든.

할머니는 입맛이 변했다고 걱정을 해.
세상에는 맛있는 게 참 많고
싫은 건 안 먹어도 되니까
걱정할 것 하나 없는데.

우리 할머니는 변덕쟁이.
쌀밥에 간장게장을 쓱쓱 비벼 먹는 걸
정말 좋아했는데
이젠 짜서 간장게장도 싫대.
혓바닥이 따끔따끔해서 못 먹겠대.

우리 할머니는 변덕쟁이.
날씨가 흐리고 비가 오면 슬프대.
비 오는 날이면 장화 신고 나가서
나랑 같이 재미있게 놀았는데.

지금은
창문을 닫고 커튼도 치고
구석에 앉아
훌쩍훌쩍 울기도 해.

우리 할머니는 변덕쟁이.
냄새도 싫대.
고기는 누린내 나서 싫고
나물은 질겨서 싫고
김치는 매워서 못 먹겠대.

내가 김치는 매워서 못 먹겠다고 하면
물에 씻어서 작게 잘라 놓고
하나만 먹어 봐. 응?
그럴 때는 언제고.

우리 할머니는 변덕쟁이.
밤에 잠이 안 온다고 마루를 돌아다니고
화장실을 자주 드나들어.

하지만 뭐가 걱정이야?
낮잠 자면 되는데.
할머니도 한 번 겪어 봐.
자기 싫은데 자꾸 자라고 하면
얼마나 힘이 드는지.

엄마와 할머니는 함께 병원에 갔어.
할머니는 의사 선생님과 한참 이야기를 했지.
주사도 맞고 약도 탔어.

그날 밤,
할머니는 잠을 잘 잤어.
아기처럼 쌔근쌔근.

할머니랑 블록 놀이를 했어.
블록 놀이를 함께한 게 참 오랜만이야.
할머니가 더 빨리 더 많이 건강해지면 좋겠어.

나는 엄마 손을 잡고
할머니와 함께
노래 교실에 갔어.
노래 부르는 걸 좋아하는 할머니.
엄마도 처음 알았대.

나는 엄마 손을 잡고
할머니와 함께
춤을 추러 갔어.
할머니는 춤추는 것도 정말 좋아해.

할머니가 빨리 괜찮아졌으면 좋겠어.
옛날처럼 밥을 맛있게
같이 먹게.

시장에도 같이 갈 수 있게
할머니가 빨리 건강해졌으면 좋겠어.

얼마큼 시간이 지나야 할머니가 건강해질까?
한 달? 일 년?
아무래도 난 괜찮아. 기다릴 수 있어.
할머니를 바라보는 엄마처럼
아주 오래오래 기다릴 수 있어.

괜찮아요. 할머니!

할머니 나이쯤 되면 누구나 앓는
감기 같은 거래요.
천천히 곧 지나갈 거래요.
힘내요. 할머니! 기다릴게요.

작가의 말

주위에서 갱년기를 앓으며 고생하는 여성분들을 자주 보았어요. 갱년기는 생리가 없어지기 전후를 말합니다.

한겨울에도 열이 나고 땀이 줄줄 흘러 부채질을 하다가도 금방 서늘해져서 옷을 여미는 것을 반복하다 보니 감기가 들어 두 달씩 고생하는 분을 보았지요.

또 좋아하는 음식도 바뀌어 고춧가루가 들어간 건 거의 먹지 않게 되는 경우도 봤어요. 김치도 백김치, 오이소박이도 백김치, 유치원 아이들처럼 먹지요.

또 어떤 분은 마음이 슬퍼서 친구들도 안 만나고 어두운 곳에 앉아 혼자 울기도 하고 혼자 화를 내며 원망을 하기도 해요.

주로 여성에게 나타나는 갱년기 증상은 살아온 삶에 따라 다르게 나타난다고 해요. 그러다 말겠지, 괜찮아지겠지 생각하고 놔두면 점점 더 어려운 상황이 될 수도 있어요.

입맛에 맞는 맛있는 음식을 가족과 함께 찾기도 하고, 갱년기를 앓는 본인이 재미를 붙일 취미생활을 찾기도 하고 더 심하면 의사의 도움을 받으면서 즐겁고 신나게 살아가야 합니다.

《괜찮아요, 할머니!》는 손녀가 갱년기가 심한 할머니를 바라보는 데서 시작했어요.

엄마와 함께 할머니의 갱년기 증상이 나아질 때까지 따뜻하게 바라봐 주고 지켜 주면서 괜찮아질 때까지 기다리는 것입니다.

집안의 모든 일을 해 오신 할머님들께서 건강하셔야 가족이 웃고 가정이 건강해집니다. 가정이 건강해야 더 나아가서는 사회가 건강하고 밝아지고요.

여성 갱년기는 개인의 문제가 아닙니다. 함께 더불어 치유하고 건강해지기를 힘써야 한다는 뜻에서 출발한 그림책입니다.

대한민국의 모든 여성이 아름다운 갱년기를 맞으며 행복하길 소원합니다.

글 작가 윤영선